DENISE PEREIRA

RECLAMAR A SACARINA SURPRESA

COLEÇÃO QUEM DERA O SANGUE
HECATOMBE
2023

HECATOMBE

HECATOMBE

rua do caju, 478
jardim das cerejeiras
cotia — sp
06724-015
brasil

rua dr. manuel pacheco nobre, 128,
5 esquerdo
2830-080
barreiro (setúbal)
portugal

[+351] 928053619
[55] 19 9 82411532

www.editoraurutau.com

SUMÁRIO

A todas as meninas,
mulheres e velhas:
que nos unam as pernas
e os sorrisos, e que nunca
saltemos etapas.
A vida é para sorver e
saborear em pleno!

Festa inaugural

O primeiro
sangue
apareceu
lavado
numa cueca
às escondidas
da menina
que fui.

O segundo,
que era
ainda
o primeiro,
soltou-se
num autocarro
com destino
ao Santuário
de Nossa
Senhora de
Fátima.

Ironia
mestra,
ascender
ao estado
que tanto
assusta
os fiéis,
mesmo ali,
à sombra
do mito
mais
pobre
que o país tem.

No regresso,
ser mais rica,
com densidade
de pressentir
a dor,
e nem isso
a fintar
os risos
ou acres
insultos

do bastião último
da narrativa
patriarcal.

O primeiro
sangue
caiu
em cueca
esquecida
e não
fez de mim
mais mulher.

Deixemos
às meninas
o gosto
de menstruar
sem que mais
ninguém
goste disso,
ou que
da gota
queira colher
lucro.

Boas entradas

38 anos.

O peso de todo
o descrédito
afaga-me o corpo.

A história
que me conto
não foi feita
para me contar.

Já mordi
12 passas,
24 passas,
48 passas,
infinitas passas
e nada
se passa.

Já passou o tempo de trincar passas à pressa.
Por mais que faça uso afiado dos dentes,
não há desejo que me aproxime de ser
tão perto de ti até que nos confundam.

Não rezarei ave-marias,
nem cheias,
nem vazias de graça.
Não entoarei pai-nossos,
nem pais de outrem.
Desisto do desejo
de ser
outra
para além
daquela que nasci
para ser.

Das contracturas

Permanece no corpo
o que nunca
atinge a palavra.
Fixa
e fita-te.
Alinha-se
em jeito
de músculo.

A vergonha
não sobrevive
à verdade.

O que é sério
insinua-se,
atingindo
no silêncio
o auge do
espalhafato.

Hoje,
sou do contra.
Não consigo
estar de pé,
tenho
as costas
do avesso.

Dizes
que entre
ocultar e mentir
há espaço
de sobra para
que não se toquem.
Mas,
na tua omissão,
revejo todas as
colheres vazias
que um dia
me encheram a boca.

Reflexo

As minhas
pernas,
que vi
à minha
bisavó paterna,
exibidas frente
a uma casa humilde,
em foto sem
legenda
ou taxonomia,
resistem como
linhas mestras,
mantendo firme
o eixo da
família.

Na foto
— campestres,
amareladas,

secas —
verdadeiras
pelo campo
e inchadas
pela domesticidade,
alegram-se enquanto
se tornam estórias
da anónima
história rural.

Em mim
homólogas,
exibem
vasos
sanguíneos
efervescentes
e iridescentes,
que o estrogénio
artificial inflama.
Membros inferiores
que não dormem de noite,
doendo e flamejando,
para que um amor

dure mais
duro e quente.

Estas pernas,
galgando gerações,
são impulso e
pura consequência.
São chave-mestra
cujo encaixe
se adivinha.

Na foto,
a casa é um quase corpo.
Em memória,
é também a
cadeira de baloiço,
que ainda hoje reclamo
mas mais ninguém
confessa lembrar.

O sorriso
— eixo dominante do retrato —
anima a
seca epiderme,

cansada de não se
dizer cansada.
No retrato
é óbvia a menina,
cavalitando
a velha,
e nem uma
nem outra
se destacam.

Maria Florinda:
revela-se-me
o nome
mas apenas
quando a imaginação
já vai longa e alta.

Desconheço
se alguma vez cantou
ou escutou guitarra.
Se o vivo sorriso
a fazia mais menina
ou mais sábia.

Se a felicidade
constante era
contentamento
de viver
ou proveito da
ironia alheia.

Às mulheres
pede-se tanto mel,
paninhos quentes
e meiguice.
Mas faltam-lhes palavras
que perdurem
em volumes que se emprestam
e se empilham.
Textos que se exibem como leque
em conversas de serão,
ou serões de sarau e vinho.

Na ausência
da escuta escrita,
resta-lhes
o consolo

de lhes ser relembrado
o conforto.
Sempre certas
da exibição controlada
e garantida,
que persiste,
mesmo na
mais insuportável
sede de ser
e na escassez
ruidosa do estômago.

Não me peçam para sorrir mais

Uma menina
doce
precedeu aquela
que é
hoje a mais
árida
sopa de ácido
picante.

Foi pela falta
de espaço
que se apertou
a mandíbula.
Ainda se aperta,
e nem é
por escolha,
é por ser-se escolhido
e, enquanto prémio,
receber em mão

o perene
hiato.

Houvesse abastança
e eu me bastaria,
mas na escassez
só sobra raiva
e bruxismo.
Pena que seja meu
o maxilar que se deforma
quando é
a deformação alheia
que origina
a violência
que entorpece.

Toda essa atenção
é ausência.
Passa através de nós
sem nos tocar.

Não há medo de ser vista,
há medo sim

do olhar
que nos atravessa
e não aconchega,
que dita
e não absorve,
que reclama
e não escuta.
Da palavra que só ecoa
sem procurar resposta.

Pedem-me para sorrir.
E esses pedidos
só roubam sorrisos.
A verdadeira alegria,
enterrei-a
para que ninguém
pudesse saber como se
aperta e anima.

A doçura só regressa
quando encontra doçura.
Como esperam
que seja mais dócil,

mais quente,
se todos os engodos
são escarpados
e ocos?

Finissage

Espero
que a data da minha
última menstruação
me seja bem
anunciada,
para
assegurar
a maior das
festas,
com o mais
elevado gáudio,
a mais estridente
gargalhada,
o mais
ostensivo
guarda-roupa
e o mais
animado
arpejo.

Que,
ao soltar
o meu último
folículo,
este
seja erguido
com a audácia
do
deslumbramento.

Folículo,
mas não
de Graaf.
Porque o
meu tecido ovárico
não tem
marcas de homem.
Nem que ele
vista gola alta
apetrechada
de belas rendas,

ou se considere
o mestre

da ejaculação
feminina,
e a anuncie
com espalhafato
e aparato,
enquanto
meticulosamente
injecta corante
em
ovários de coelhos,
e publica
errados artigos,
para assegurar
o seu parágrafo
na enciclopédia,
ao invés de
se
provar em actos.

Os meus folículos
fazem a festa
sem precisar
de régua

e regra,
ou de ser
definidos
pelo compasso
exímio
da masculinidade.
Estes folículos
são mais da folia
do que da ciência,
e não uma
presa perfeita
dos moldes
anatómicos.

Da data do regabofe
ainda se faz segredo.
Só o permitirei a quem
se permite
sem vergonhas ou atrito.

Vergonha
é mapear o sistema solar
antes de se levantar a

topografia
do clitóris.
Ou apenas conhecermos
quantos nervos
irrigam este precioso
e preciso órgão,
porque surgiu a necessidade
de o converter num pénis.

Deixem à porta,
nos sapatos,
o obscurantismo
e a vontade
de sossego.
E,
quando o endométrio
ainda quente
derreter pelo meu ventre,
quero ser
e ser em vós
dança, carnaval, adufe e vento.

Que toda a luta feminista
se converta

em confetti e canapé festivo.
Só daremos sentido
a todo este alvoroço
se no fim for
para soltar a cartilagem,
beber cerveja
e comer tremoço.

Sobre dar e ser dado

Muito creio
no poder dos nomes próprios.

Compassos inevitáveis,
inflamam significados antigos
nos novos corpos e órgãos.

Atenção ao nome
da minha avó:
Maria das Dores.

Maria é da gargalhada
inocente e poderosa,
apenas ampliada
pela sua escassez.
Podemos listar-lhe as dores,
afinal as listas
são os amuletos últimos:

Trabalho infantil.
Sem liberdade individual.
Uma vida de pobreza.
Um casamento pouco feliz.
Uma lenta, persistente e dolorosa
doença degenerativa.

Num nome todo o impacto
de ser bênção ou esconjuro.

Do nome dela brota em mim aguerrida ira!
Inflamo-me de forma gratuita
contra esses nomes católicos
e a sua obsessão com a punição
e sofrimento!
Porque eu acredito
no poder dos nomes.

Quando lançam um nome
sobre nós,
somos enfileirados
na infinita linhagem da experiência humana.

Penso os nomes enquanto caixas,
arranjos taxonómicos
de caminhos e possibilidades.
A armadilha original
a partir da qual podemos florescer.

Olhem para mim:
O meu nome é *Denise*.
Da minha avó restam os olhos e o sorriso.
Conluio genético e mimético.
As minhas “dores”
são órbitas de outra esfera.

Denise: adoradora e sacerdotisa de Dionísio,
deus grego do vinho, fertilidade, ecstasy
e performance!

Foi a sorte
que me empilhou
nesta longa linhagem
de poderosas *vadias*!

Aviso um:
aos pais incautos,

isso é o que sucede quando
se oferece a outro a escolha
do nome dos vossos filhos.

Aviso dois:
este poema
é daqui para a frente
uma reescrita do passado,
o meu nome enquanto bálsamo
aplicado às dores da minha avó.

Avó,
ao ver-te na tua cama,
faço dela um trono
onde reluzem as tuas glórias.
Aqui não estás acamada.
És sim estátua imortalizada,
digna de uma verdadeira deusa.

O teu desejo de seriedade,
ofereço-to através dos prazeres
da mente e da carne.

O teu casamento,
hoje ressentimento,
foi dádiva camuflada.
A alegria dele,
ainda que só
destilada pela ingestão
de espirituosos licores mágicos,
foi o que te trouxe sol,
queimando dócil
pelos ramos densos
e pesados do teu nome.

Não existe vergonha na carne,
apenas se ele não durou,
até ao ponto de sentires
o êxtase de uma respiração ofegante.
Assim o espero.
Ou melhor,
assim o exijo,
porque só pode haver sentido
na dor
quando em contraste evidente
com o prazer e o regalo!

A crença de que tudo
é por nós sabido e compreendido,
não tem outro nome senão juventude.

Completo o ciclo
fazendo-te um brinde,
abençoando o teu corpo,
para sempre templo renovado!
Um brinde a ti,
a maior *performer* de sempre!
Levanto o copo,
alto e mais alto,
meu amor!
Nas tuas tristezas os meus copos.
Na minha loucura a tua solidez e bússola.
E ao poder dos nomes brindemos!

Raízes da revolução

Passei
boa parte
do último
verão
a “crescer-me”
algumas
raízes.

Retirei
certas
imagens
da internet
e meditei
sobre
elas.
Adormeci
escutando
crescimento

celular
imaginário.

Ao fechar
os olhos,
ser com as
pálpebras
como os
pés
quando
tocam o
chão.
Primeiro
suave,
amedrontada,
para depois,
sem pedir
desculpa,
mergulhar sem
permisso
até sentir
fundo
o chão
com o umbigo.

Raízes.
Demorei
demasiado
tempo
a perceber
que os
meus pés
têm sido
trémulos
como
barbatanas
mas eu
não sou um
peixe.

Enquanto
terráquea,
bebo
das raízes
o meu
crescimento
emocional.

Como
pude
esquecer
as aulas
sobre o
meristema
radicular
e a
sua
trajetória
bidirecional?

Talvez
estivesse
demasiado
distraída,
enquanto
me deixava
ser
conduzida
no teu carro,
atravessando
aqueles

infinitos
campos de
girassóis.
Ingénua,
sem notar
o quão
eu própria
me pareço
com um girassol.
Gravitando
constantemente
na direcção
de outros
corpos
e das suas
vontades.

Toda uma vida
a escutar:
“Que bonita!
que flor!”.
Até então
sem causar

demorado
desconforto,
mas de súbito
uma epifania:

As flores
existem
para ser agradáveis
e activamente atrair.
Giram em torno do sol,
nutrem artrópodes
terrestres
e outros bichos.
Entretêm com cor
e fragrância.
Mas não são feitas
para durar.
Não
reclamam
espaço.

Raízes.
As raízes perduram.

As raízes
permitem e preenchem
estrutura.
Alimentam e conectam
em felicidade simbionte.
Se às flores
se destina o perecimento
enquanto as raízes
são crescimento persistente,
por que haveria
de alguém desejar
ser flor
quando
pode
ser
raiz?

Naipe

Quando
todas as regras
nos sublinham
a fluorescente o falhanço,
sobreviver é já mais do que
suficiente.

Detestei,
durante demasiado tempo,
o conjunto de mecanismos
de defesa que
às mulheres da
minha família tirou brilho.

Agravou-nos a voz
só para soarmos
densas,
apetrechadas
com o respeito

dito mais urbano,
mais masculino.

Toda a minha gama de agudos
é descoberta recente,
resultado de uns apertos certeiros
junto ao coração,
no calor soalheiro do sul,
por entre venustos corpos,
em busca persistente
das origens.

Verti tudo sem aviso prévio:
primeiro lágrimas,
depois soluços
que arrancaram músculos,
seguidos de zumbidos
e espasmos avulsos,
só para depois do
maior alvoroço
em que a memória virou espelho
eu poder renascer soprano.

Adstringência

Se apenas me for concedido
um único desejo:

— *Posso nunca deixar de ser ávida crisálida?*

Se eu quisesse
vida breve,
como a borboleta,
escolhia antes ser dióspiro,
que sempre era mais doce,
e de vez em quando
gerava a contracção
das mucosas alheias,
deixando a boca repuxada
aos homens que insistem
em dizer que o piropo
é mera técnica de sedução.

Sirumba

Só na vertigem
do perigo
se atinge
a intimidade.

Como incentivar
nas meninas
o gosto pelo risco
depois de tantos
riscos
desenhados
para nos conter?

Sacarina surpresa

Não quero
ser maternal
para te ser colo.
Quero-me
útero,
irrigação
e placenta.
Quero-me
mãos,
círculo,
perdão,
sororidade.

(interrompo
a escrita deste
poema
para inquirir
sobre a saúde

do pai
de uma amiga)

Quero clichés,
maresia infinita,
risos e tranças,
cânticos e danças,
que se
prolonguem
e se unam
na
amnésia
fictícia
do tempo.

Desejo-me
completa,
íntegra,
com capacidade
de enternecimento
e empatia.
Inteira,
mas não isolada.
Suficiente,

mas não
omnipotente.

Que o doce
e o rosa
retomem
a força
que lhes
faz justiça.
Que todas as
condenações,
encadernadas em
capas rijas,
se afoguem
no sal
que se solta
trêmulo
dos abraços,
e que os binómios
não sejam
mais
maniqueístas,
como foi
no

tempo dos
homens.

(interrompo
de novo
para ler
a mensagem
tardia
de um homem
que duvida
de mim)

Trocas
entre as mulheres
onde se recuperem
e vinguem
todos os felinos
empalhados
e queimados
pelo catolicismo.
Que se amem
todas as formas
que a vida
encontrou

para ser vida,
mas que o perdão
não seja a hóstia
podre
que nos consola
nas noites extensas,
em que o ódio
de nós mesmas
nos consome.

Se é para
arredondar,
que seja
por excesso.
Da escassez já
fizemos carreira
e acumulámos
suficientes
bónus de mérito
nunca recebidos
em conta.

(interrompo
este poema

para pedir
às minhas
amigas que
leiam este
volume)

Queremos
banquete,
néon,
extravagância
extrema
de sacarina,
súplica
e celebração.
Não baixemos

nos pelos
os braços,
e surfemos
pelos traços
que sublinhámos
debaixo de todos
os vocábulos
que verdadeiramente
nos importam.

Elevemos o amor
para fora do
romântico
porque amor
pede para multiplicar,
e nunca para dividir.
Quero que amar
signifique
cada vez mais
nunca subtrair
de mim,
nem
da bela rede
de afectos
que é sustento,
suspensão
e tudo.

A doçura
é, enfim,
o maior
dos luxos.

DENISE PEREIRA (1978) ██████ identifica-se como poeta, performer, cantora e polímata, e reconhece nas palavras o poder de curar, transformar e conectar. Passou muitas horas a cantar em chãos entre Lisboa e Berlim. O seu primeiro livro de poesia, *Meia lua ou meia laranja?*, foi publicado na primavera de 2023 pela Editora Urutau. A sua poesia — publicada em diversas revistas e antologias — pode ser lida em português, inglês e alemão. Se fosse um fruto, seria um kiwi e, se fosse uma cor, seria vermelho.██████

HECATOMBE
selo da editora urutau

EDIÇÃO debora ribeiro rendelli
REVISÃO juliana palermo
DIAGRAMAÇÃO victor h. azevedo
PROJETO GRÁFICO E CAPA wladimir vaz
COORDENAÇÃO GRÁFICA tiago fabris rendelli

Dados Internacionais de Catalogação na Publicação (CIP) de acordo com ISBD

P436r Pereira, Denise

Reclamar a sacarina surpresa / Denise Pereira.
- Cotia : Hecatombe, 2023.
60 p. ; 13cm x 16,5cm. – (Quem dera o sangue)

ISBN: 978-65-87938-96-7

1. Literatura brasileira. 2. Poesia. I. Título. II. Série.

2023-1606 CDD 869.1
CDU 821.134.3(81)-1

Elaborado por Vagner Rodolfo da Silva - CRB-8/9410

Índice para catálogo sistemático:
1. Literatura brasileira 869.8992
2. Literatura brasileira 821.134.3(81)